Mein schöner Planet

Evelyn E. Smith

Writat

Diese Ausgabe erschien im Jahr 2024

ISBN: 9789359945828

Herausgegeben von
Writat
E-Mail: info@writat.com

3 PLANET

Von EVELYN E. SMITH

Die ganze Welt ist eine Bühne, also war sogar für diesen schlechten Schauspieler Platz ... nur hatte er vor, Regie zu führen!

Als Paul Lambrequin die Stufen seiner Pension hinaufstieg, begegnete ihm ein Mann, dessen Gesicht völlig falsch war. „Guten Abend", sagte Paul höflich und wollte gerade seinen Weg fortsetzen, als der Mann ihn aufhielt.

„Sie sind die erste Person, der ich an diesem Ort begegnet bin, die bei meinem Anblick nicht erschrocken ist", sagte er mit tonloser Stimme und einem Akzent, der außerhalb des üblichen Repertoires lag.

„Bin ich das?", fragte Paul, der aus einem seiner rosigen Träume erwachte, mit denen er sich vor einer nicht allzu freundlichen Realität abschottete. „Ich vermute, das liegt daran, dass ich ein bisschen kurzsichtig bin." Er blickte den Fremden vage an. Dann wich er zurück.

„Was ist denn mit mir los?", fragte der Fremde. „Habe ich nicht zwei Augen, eine Nase und einen Mund, genau wie alle anderen Menschen?"

Paul musterte den anderen Mann. „Ja, aber irgendwie scheinen sie ganz falsch zusammengesetzt zu sein. Natürlich kann man nichts dafür", fügte er entschuldigend hinzu, denn wenn er darüber nachdachte, hasste er es, die Gefühle anderer zu verletzen.

„Ja, das kann ich, denn in Wahrheit war ich es, der sich zusammengerissen hat. Was habe ich falsch gemacht?"

Paul sah ihn nachdenklich an. „Ich kann es nicht genau sagen, aber es gibt gewisse subtile Nuancen, die Sie einfach nicht verstanden haben. Wenn Sie meinen professionellen Rat wollen, nehmen Sie sich eine reale Person zum Vorbild, bis Sie den Dreh raushaben, zu improvisieren."

„So ähnlich?" Der Umriss des Fremden schimmerte und verschwamm zu einer amorphen Wolke, die dann die Gestalt eines großen, schönen jungen Mannes mit dem Gesicht eines naiven Dämons annahm. „Sieh mal, ist das besser?"

„Oh, viel besser!" Paul hob die Hand, um eine verirrte Haarsträhne zu glätten, merkte dann aber, dass er nicht in einen Spiegel sah. „Das Problem ist – nun, ich hätte lieber, du suchst dir jemand anderen als Vorbild. In meinem Beruf ist es wichtig, so einzigartig wie möglich auszusehen; das hilft den Leuten, sich an dich zu erinnern. Ich bin Schauspieler, weißt du. Im Moment bin ich zufällig frei, aber vorletztes Jahr –"

„Also, wem soll ich ähnlich sehen? Soll ich mir vielleicht eine Ihrer bekannten, ehrenwerten Persönlichkeiten zum Vorbild nehmen? Wie etwa Ihrem Präsidenten ? "

„Das glaube ich kaum. Es wäre nicht gut, sich an einer bekannten Person zu orientieren – oder sogar an einer unbekannten Person, der man vielleicht eines Tages zufällig begegnet." Paul, ein gutherziger junger Mann, fügte hinzu: „Kommen Sie mit auf mein Zimmer. Ich habe einige britische Filmzeitschriften und dort gibt es eine Menge relativ unbekannter englischer Schauspieler, die sehr anständig aussehen."

Also stiegen sie in Pauls heißes kleines Zimmer unter dem Dach hinauf, und nachdem er mehrere Zeitschriften durchgeblättert hatte, wählte Paul einen gewissen Ivo Darcy als wahrscheinlichen Kandidaten. Daraufhin löste sich der Fremde auf und verwandelte sich in das sympathische Abbild des jungen Mr. Darcy.

„Das ist ein ziemlicher Trick", bemerkte Paul, als ihm endlich klar wurde, was der andere getan hatte. „Das wäre in der Branche nützlich – für Charakterrollen, wissen Sie."

„Ich fürchte, Sie werden es nie schaffen", sagte der Fremde und betrachtete sein neues Ich selbstgefällig im Spiegel. „Es ist kein Trick, sondern eine rassische Fähigkeit. Sehen Sie, ich habe das Gefühl, dass ich Ihnen vertrauen kann –"

„— Natürlich bin ich kein richtiger Charakterdarsteller; ich bin ein Hauptdarsteller, aber ich glaube, man sollte vielseitig sein, denn manchmal kommt eine wirklich gute Charakterrolle daher—"

„—Ich bin kein Mensch. Ich stamme vom fünften Planeten, der um den Stern kreist, den ihr Sirius nennt, und wir Sirianer haben die Fähigkeit, uns in die Erscheinung jeder anderen bleichen Form zu verwandeln—"

„Ich dachte, das könnte ein nahöstlicher Akzent sein!", rief Paul abgelenkt. „Ist Libanesisch so ähnlich? Denn ich habe gehört, dass in … ein wirklich spannender Teil kommt."

„Ich sagte *Sirius*, nicht *Syrer*; ich komme nicht aus Kleinasien, sondern aus dem Weltall, aus einem anderen Sonnensystem . Ich bin ein Außenweltler, ein Außerirdischer."

„Ich hoffe, Sie hatten eine schöne Reise", sagte Paul höflich. „Von Sirius, sagten Sie? Wie ist der Zustand des Theaters dort?"

„In seinem Kindermord", sagte ihm der Fremde, „aber –"

„Seien wir ehrlich", murmelte Paul verbittert, „auch hier steckt es noch in den Kinderschuhen. Keine Gesamtplanung. Keine Wertschätzung der Tatsache, dass alle Komponenten, aus denen sich eine Produktion zusammensetzt, eine kontinuierliche Gesamtheit bilden sollten, statt einer schwachen Koalition getrennter Kräfte, die auseinanderfallen –"

„Sie sind, wie ich verstehe, derzeit arbeitslos. Ich sollte –"

„Eine solche Situation werden Sie in Russland nicht finden!", fuhr Paul fort, erfreut, in diesem intelligenten Ausländer ein wohlwollendes Publikum zu entdecken. „Wobei", fügte er schnell hinzu, „ich missbillige ihre Politik vollkommen. Eigentlich missbillige ich jede Politik. Aber wenn es ums Theater geht, sind die Russen in vielerlei Hinsicht …"

„– Ich möchte Ihnen einen Vorschlag machen, wie wir uns gegenseitig weiterbringen können –"

„—Sie würden dort keinen Schauspieler finden, der in einer Saison eine Hauptrolle spielt und dann in den nächsten zwei Jahren keine anderen Rollen als Sommertheater und Nebenrollen bekommt. Also gut, die Show, in der ich die Hauptrolle hatte, wurde nach zwei Wochen abgesetzt, aber die Kritiker waren alle von meiner Leistung begeistert. Es war das Stück, das stank!"

„Wollen Sie den Monolog beenden und mir zuhören?", rief der Außerirdische.

Paul hörte auf zu reden. Er war verletzt. Er hatte geglaubt, Ivo mochte ihn, aber jetzt sah er, dass der Fremde nur über seine eigenen Probleme reden wollte.

„Ich möchte Ihnen eine Stelle anbieten", sagte Ivo.

„Ich kann keinen normalen Job annehmen", sagte Paul mürrisch. „Ich muss für Vorstellungsgespräche zur Verfügung stehen. Ein Kollege, den ich kannte, nahm einen Job in einem Geschäft an, und als er zu einem Vorsprechen für eine Rolle eingeladen wurde, konnte er nicht weg. Der Kollege, der die Rolle bekam, wurde ein großer Star, und vielleicht hätte der andere auch ein Star werden können, aber jetzt ist er nichts weiter als ein lausiger Vorstandsvorsitzender einer Kaufhauskette –"

„Diese Arbeit kann auf Ihrer Tagung zwischen Lesungen und Interviews durchgeführt werden, wann immer Sie Zeit haben. Ich werde Sie großzügig bezahlen, da ich reichlich US-Währung besitze. Ich möchte, dass Sie mir beibringen, wie man schauspielert."

„Dir das Schauspiel beibringen", wiederholte Paul ziemlich fasziniert. „Nun, ich bin kein Schauspiellehrer, weißt du, aber ich habe zufällig ein paar Ideen zu diesem Thema. Ich habe das Gefühl, dass die meisten Schauspiellehrer es heutzutage versäumen, ihren Schülern eine wirklich gründliche Grundlage in allen Aspekten der Schauspielkunst zu vermitteln. Sie reden nur über Methode, Methode, Methode. Aber was ist mit der Technik?"

„Ich habe Ihre Spezies mit großer Sorgfalt beobachtet und dachte, ich hätte mir Ihre Gewohnheiten und Ihre Ausdrucksweise perfekt angeeignet. Aber ich fürchte, dass ich sie, wie mein ursprüngliches Gesicht, verdreht habe. Ich möchte, dass Sie mir beibringen, wie ein Mensch zu handeln, wie ein Mensch zu sprechen und wie ein Mensch zu denken."

Pauls Aufmerksamkeit war wirklich gefesselt. „Na, das *ist* ja eine Herausforderung! Ich nehme an, Stanislawski musste noch nie einem Außerirdischen etwas beibringen, und selbst Strasberg nicht …"

„Dann sind wir einer Meinung", sagte Ivo. „Du willst mir was beibringen?" Er lächelte.

Paul schauderte. „Also gut", sagte er. „Wir fangen jetzt an. Und ich denke, das Erste, womit wir anfangen sollten, ist, Lektionen im Lächeln zu erteilen."

Ivo erwies sich als ein schneller Lerner. Er lernte nicht nur zu lächeln, sondern auch die Stirn zu runzeln und Überraschung, Freude, Entsetzen auszudrücken – was auch immer die Situation erforderte. Er lernte die Kunst, Menschlichkeit vorzutäuschen, mit solcher Geschicklichkeit, dass Paul sich eines Nachmittags, als sie Brooks Brothers nach einer Anprobe verließen, dazu bewegt fühlte, zu bemerken: „Manchmal wirkst du sogar menschlicher als ich, Ivo. Ich wünschte allerdings, du würdest dich vor deiner Neigung zum Schimpfen in Acht nehmen. Du sollst sprechen, keine Reden halten."

„Ich versuche, das nicht zu tun", sagte Ivo, „aber ich werde immer wieder von meiner Begeisterung mitgerissen."

„Offenbar habe ich ein echtes Talent fürs Unterrichten", fuhr Paul fort, während die beiden jungen Männer, gekonnt von Brooks getarnt, im dichten, anthrazitgrauen Unterholz der Madison Avenue verschwanden. „Ich scheine noch vielseitiger zu sein, als ich dachte. Vielleicht habe ich meine Talente – nun ja – nicht verschwendet, sondern eingeschränkt."

„Das liegt vielleicht daran, dass Ihre Talente nicht ausreichend gewürdigt oder Ihnen nicht genügend Raum gegeben wurden", meinte sein Musterschüler.

Ivo hatte so ein scharfsinniges Urteil! „Tatsächlich", stimmte Paul zu, „habe ich oft den Eindruck gehabt, dass, wenn ein wirklich begabter Mensch, der gleichermaßen gut in der Schauspielerei, Regie, Produktion, im Schreiben von Theaterstücken, im Unterrichten usw. ist, eine gründliche Synthese des Theaters in Angriff nehmen würde – ah, aber das würde Geld kosten", unterbrach er sich, „und wer würde ein solches Projekt finanzieren? Sicherlich nicht die Regierung der Vereinigten Staaten." Er lachte bitter.

„Vielleicht wären die Bedingungen für den Künstler unter einem neuen Regime günstiger –"

„ Pssst !" Paul sah nervös über die Schulter. „Überall gibt es Senatoren. Außerdem habe ich nie gesagt, dass es in Russland *gut läuft, nur besser –*

für den Schauspieler, meine ich. Natürlich sind die Stücke grauenhafte Propaganda –"

„Ich bezog mich nicht auf ein anderes menschliches Regime. Der Mensch ist, abgesehen von einigen erlesenen Geistern, den Künsten gegenüber bestenfalls unsympathisch. Wir Außenweltler haben einen weitaus größeren Respekt vor geistigen Dingen."

Paul öffnete den Mund. Ivo fuhr fort, ohne ihm eine Chance zu geben, zu sprechen: „Du hast dich sicher schon oft gefragt, was ich hier auf der Erde mache?"

Diese Frage war Paul nie in den Sinn gekommen. Mit einem leichten Schuldgefühl murmelte er: „Manche Leute haben komische Vorstellungen davon, wohin sie in den Urlaub fahren."

„Ich bin geschäftlich hier", sagte Ivo ihm. „Die Lage auf Sirius ist ernst."

„Wissen Sie, das ist einprägsam! ‚Die Situation auf Sirius ist ernst'", wiederholte Paul und klopfte mit dem Fuß. „Ich habe schon oft daran gedacht, mich an einem Musikkomiker zu versuchen –"

„Ich meine, wir haben seit ein paar Jahrhunderten ein ernsthaftes Bevölkerungsproblem, deshalb hat unsere Regierung Kundschafter ausgesandt, um nach anderen Planeten mit ähnlicher Atmosphäre, Klima, Schwerkraft usw. zu suchen, wohin wir unsere überschüssige Bevölkerung bringen können. Bisher haben wir nur sehr wenige gefunden."

Wenn Pauls Aufmerksamkeit konzentriert war, konnte er so schnell wie jeder andere eins und eins zusammenzählen. „Aber die Erde ist bereits bewohnt. Tatsächlich habe ich in der Schule gehört, dass wir selbst ein Bevölkerungsproblem hätten."

„Die anderen Planeten, die wir bereits – äh – übernommen haben, waren in einem ähnlichen Zustand", erklärte Ivo. „Wir haben es geschafft, diese Schwierigkeit zu überwinden."

„Wie?", fragte Paul, obwohl er die Antwort bereits ahnte.

alle Bewohner entsorgt . Wir haben lediglich die Unerwünschten ausgesondert – die durch einen glücklichen Zufall in der Mehrheit waren – und mit dem Rest eine glückliche und friedliche Koexistenz erreicht."

„Aber sehen Sie", protestierte Paul. „Ich meine damit –"

„Nehmen Sie zum Beispiel", sagte Ivo höflich, „die große Masse der Leute, die fernsehen, in ihrem Leben noch nie ein richtiges Theaterstück gesehen haben und tatsächlich nur selten ins Kino gehen. Die sind doch bestimmt entbehrlich."

„Ja, natürlich. Aber selbst unter ihnen könnte es – sagen wir, die Mutter eines Dramatikers – geben."

„Eine der ersten Maßnahmen unseres Regimes wäre der Aufbau eines riesigen Netzwerks von Gemeinschaftstheatern in der ganzen Welt. Und Sie, Paul, hätten die erste Wahl bei der Besetzung der Hauptrollen."

„Jetzt warte mal!", rief Paul hitzig. Er erlaubte sich selten, die Fassung zu verlieren, aber wenn es passierte ... wurde er *wütend*! „Ich bin stolz darauf, dass ich es ganz allein aus eigener Kraft so weit geschafft habe. Ich glaube nicht daran, Einfluss auszunutzen, um ..."

„Aber, mein Lieber, ich wollte nur sagen, dass Ihre Fähigkeiten in einem intelligent organisierten Theater und bei einem intellektuell erwachsenen Publikum automatisch erkannt würden."

„Oh", sagte Paul.

Er war sich durchaus bewusst, dass man ihm schmeichelte, aber es kam so selten vor, dass sich jemand die Mühe machte, ihm Aufmerksamkeit zu schenken, wenn er gerade keine Rolle spielte, dass es schwer war, nicht nachzugeben. „Planen Sie – planen Sie, den Planeten im Alleingang zu übernehmen?", fragte er neugierig.

„Himmel, nein! So talentiert ich auch bin, es gibt Grenzen. Ich mache die – äh – Drecksarbeit nicht selbst. Ich führe nur die Voruntersuchung durch, um festzustellen, wie stark die örtlichen Verteidigungsanlagen sind."

„Wir haben Wasserstoffbomben", sagte Paul und versuchte, sich an Einzelheiten eines Zeitungsartikels zu erinnern, den er einmal im Vorzimmer eines Produzenten gelesen hatte, „und Plutoniumbomben und ..."

„Oh, das weiß ich alles", lächelte Ivo fachmännisch. „Meine Aufgabe ist es, sicherzustellen, dass Sie nichts wirklich Gefährliches haben."

Die ganze Nacht rang Paul mit seinem Gewissen. Er wusste, dass er Ivo nicht einfach weitermachen lassen sollte. Aber was sollte er sonst tun? Sich an die zuständigen Stellen wenden? Aber welche Stellen waren die zuständigen? Und selbst wenn er sie fände, wer würde einem Schauspieler hinter der Bühne glauben, der so unwahrscheinliche Zeilen vorträgt? Er würde entweder ausgelacht oder beschuldigt werden, Teil einer subversiven Verschwörung zu sein. Das würde ihm möglicherweise jede Menge schlechte Publicity einbringen, die seine Karriere ruinieren könnte.

Also unternahm Paul nichts in Bezug auf Ivo. Er ging wieder zu seinen üblichen Besuchen bei Agenten und Produzenten, und die Frage, warum Ivo auf der Erde war, verdrängte er immer mehr, während er sich von einem Interview zum nächsten schleppte.

Es war ein außergewöhnlich heißer Oktober – das Wetter, bei dem er manchmal fast den Glauben verlor und sich zu fragen begann, warum er seinen Kopf gegen eine Steinmauer schlug, warum er nicht irgendwo in einem Kaufhaus oder als Lehrer arbeitete. Und dann dachte er an den Applaus, die Vorhänge, den Traum, eines Tages seinen Namen in Lichtern über dem Titel des Stücks zu sehen – und er wusste, dass er niemals aufgeben würde. Das Theater aufzugeben wäre wie Selbstmord, denn abseits der Bühne war er nur noch technisch am Leben. Er war gut; er wusste, dass er gut war, also würde er eines Tages, versicherte er sich, seinen großen Durchbruch haben.

Gegen Ende des Monats war es dann soweit. Nach maximal drei Lesungen, zwischen denen seine Hoffnungen abwechselnd stiegen und schwanden, wurde er für die männliche Hauptrolle in *The Holiday Tree gecastet* . Die Produzenten , so sagten sie, waren mehr daran interessiert, jemanden zu finden, der zur Rolle des Eric Everard passte, als an einem großen Namen – zumal der weibliche Star es vorzog, dass sein Glanz nicht durch Konkurrenz getrübt wurde.

Die Proben nahmen so viel Zeit in Anspruch, dass er Ivo in den nächsten fünf Wochen kaum zu Gesicht bekam – aber zu diesem Zeitpunkt brauchte Ivo ihn nicht mehr . Tatsächlich waren sie jetzt nicht mehr Lehrer und Schüler, sondern Gefährten, die durch die Tatsache zusammengeführt wurden, dass sie beide zu anderen Welten gehörten als der, in der sie lebten. Soweit er jemanden mögen konnte, der außerhalb seiner Vorstellungskraft existierte, hatte Paul Ivo ziemlich lieb gewonnen. Und er glaubte, dass Ivo ihn auch mochte – aber da er sich nie ganz sicher sein konnte, wie die Reaktionen gewöhnlicher Menschen auf ihn ausfielen, wie konnte er sich dann der Reaktionen eines Fremden sicher sein?

Ivo kam manchmal zu den Proben, aber natürlich war es langweilig für ihn, da er nicht in diesem Beruf tätig war, und nach einer Weile kam er nicht mehr so oft vorbei. Zuerst hatte Paul ein schlechtes Gewissen, aber dann fiel ihm ein, dass er sich keine Sorgen machen musste. Ivo hatte seine eigene Arbeit.

Die ganze *Holiday Tree* -Truppe fuhr zu den Proben aus der Stadt, und Paul sah Ivo sechs Wochen lang überhaupt nicht. Es waren arbeitsreiche, glückliche Wochen, denn das Stück war von Anfang an ein Riesenerfolg. Es lief vor ausverkauftem Haus in New Haven und Boston, und die Theaterkassen in New York waren schon Monate im Voraus ausverkauft, bevor das Stück überhaupt eröffnet wurde.

„Die Schauspielerei muss irgendwie Spaß machen", sagte Ivo am Morgen nach der New Yorker Premiere zu Paul, während dieser zufrieden auf seinem Bett wälzte – er hatte jetzt das beste Zimmer im Haus – inmitten eines Stapels begeisterter Kritiken. Endlich war er da. Alle liebten ihn. Er war ein Erfolg.

Und nachdem er nun die Kritiken gelesen hatte und sie alle positiv waren, konnte er sich den seltsamen Dingen widmen, die seinem Freund passiert waren. Paul stützte sich auf einen Ellbogen und rief: „Ivo, du nuschelst ! Schließlich habe ich dir etwas über Artikulation beigebracht!"

„Ich habe mit dieser Schauspielertruppe hier rumgehangen , während du weg warst", sagte Ivo. „Sie sagen, dass Gemurmel das Wichtigste ist . Außerdem hast du dauernd geklatscht, was ich deklamiert habe, also …"

„Aber du musst nicht ins andere Extrem verfallen und – *Ivo* !" Ungläubig nahm Paul alle Einzelheiten des Aussehens des anderen in sich auf. „Was ist mit deinen Anzügen von Brooks Brothers passiert?"

„Hängt sie auf in einem Schrank", antwortete Ivo und sah verlegen aus. "Ich habe aber gestern Abend eins getragen", fuhr er verteidigend fort. "Wooden ist so angezogen zu deiner Eröffnung gekommen . Aber alle anderen Jungs tragen Blue Jeans und Lederjacken. Ich meine, verdammt, ich muss mich mehr anpassen als jeder andere. Das weißt du , Paul."

„Und -" Paul richtete sich kerzengerade auf; das war der größte Skandal - „du hast dich verändert! Du bist *jünger geworden* !"

„Wir leben in einem jungen Alter ", murmelte Ivo. „Und ich dachte, ich wäre bereit für Improvisation, wie du gesagt hast."

„Hör zu, Ivo, wenn du wirklich auf die Bühne willst –"

„Verdammt, ich will kein Schauspieler sein!", protestierte Ivo viel zu heftig. „ Du weißt verdammt gut, dass ich ein – ein Spion bin, der herumspäht , um zu sehen , ob du irgendwelche geheimen Verteidigungsanlagen hast , bevor ich meinen Bericht abgebe ."

„Ich glaube nicht, dass ich irgendwelche Regierungsgeheimnisse preisgebe", sagte Paul, „wenn ich Ihnen sage, dass die Bastionen unserer Verteidigung nicht im Actors' Studio errichtet werden."

„Hör zu, Kumpel. Lass mich so spionieren, wie ich will , und ich lasse dich so handeln, wie du willst ."

Paul war beunruhigt über diese Veränderung bei Ivo, denn obwohl er immer versucht hatte, soziale Kontakte zu vermeiden, konnte er das Gefühl nicht loswerden, dass der junge Fremde in gewisser Weise zu seiner Verantwortung geworden war – besonders jetzt, da er ein Teenager war. Paul hätte sich sogar um Ivo Sorgen gemacht, wenn er nicht so viele andere Dinge gehabt hätte, die ihn beschäftigten. Erstens konnten die Produzenten von *The Holiday Tree* dem Druck eines begeisterten Publikums nicht standhalten; obwohl der ursprüngliche Star schmollte, wurde Pauls Name drei Monate nach der Premiere des Stücks in New York neben ihrem in Lichtern *über dem Titel des Stücks angezeigt. Er war ein Star.*

Das war gut. Aber dann war da Gregory. Und das war schlecht. Gregory war Pauls Zweitbesetzung – ein gutaussehender, mürrischer junger Mann, den man bei zahlreichen Gelegenheiten Worte sagen hörte wie: „Es ist die Rolle, die so gut ist, nicht er. Wenn ich nur einmal die Chance hätte, Eric Everard zu spielen, würden sie Lambrequin den Indians zurückgeben."

Manchmal hatte er die Worte in Pauls Hörweite gesagt, manchmal wurden die Bemerkungen liebevoll von anderen Darstellern weitergegeben, die der Meinung waren, dass Paul es wissen sollte.

"Ich mag diesen Gregory nicht", sagte Paul eines Montagabends zu Ivo, als sie zusammen eine Zigarette rauchten, denn an diesem Abend gab es keine Vorstellung. "Er war früher ein jugendlicher Straftäter, wurde in eine dieser Besserungsanstalten geschickt, wo sie die Schauspielerei als Therapie anwenden, und es stellte sich heraus, dass es sein *Metier ist* . Aber man weiß nie, wann diese Art von Typen wieder den Ruf der Wildnis hört."

„ Aaaah , er ist ein guter Junge", sagte Ivo. „Er hatte einfach nie eine Chance ."

„Das Problem ist, dass ich befürchte, dass er sich selbst zu einem Chanct *macht* – also zu einer Chance."

„ Aaaah ", erwiderte Ivo mit stolzer Ausdruckslosigkeit.

Als Paul jedoch an jenem Freitag um halb sieben über ein zwischen den Türpfosten zu seinem privaten Badezimmer gespanntes Kabel stürzte und sich ein Bein brach, musste sogar Ivo zugeben, dass dies nicht wie ein Unfall aussah.

„Ivo", jammerte Paul, als der Arzt gegangen war, „was soll ich tun? Ich weigere mich, Gregory heute Abend an meiner Stelle weitermachen zu lassen!"

" Du wirst „ Muss ich ", sagte Ivo und schob sein Kaugummi auf die andere Seite seines Mundes. „Er ist ein Versager ."

„Aber der Arzt sagte, es würde Wochen dauern, bis ich wieder auf den Beinen bin. Entweder Gregory wird „Wenn er die Rolle mit seiner Interpretation komplett übernimmt , bleibe ich im Regen stehen, oder, was wahrscheinlicher ist, er vermasselt das Stück, und es wird eingestellt, bevor ich wieder auf den Beinen bin."

" Du musst mehr Selbstvertrauen haben , Junge. Die Öffentlichkeit ist nicht wird vergiss dich in ein paar Wochen."

Doch Paul wusste weitaus besser als der idealistische Ivo, wie wankelmütig die Öffentlichkeit sein kann. Dennoch wählte er ein Argument, das dem Jungen gefallen würde. „Vergiss nicht, er hat mir eine Sprengfalle gelegt!"

„ Sieht ganz danach aus", musste Ivo zugeben. „Aber schau mal tun ? Du kannst es nicht beweisen. Außerdem wird der Vorhang gwup in ein bisschen über eine Nour -"

Paul packte Ivos sehniges Handgelenk. „Ivo, du musst für mich weitermachen!"

„ Hast du Steine im Kopf oder so was ?", fragte Ivo und versuchte, nicht erfreut auszusehen. „Ich bin nicht muss Nequity- Karte, und selbst wenn ich es täte, *er ist* du bist ein Versager ."

„Nein, du verstehst nicht. Ich möchte nicht, dass du als Ivo Darcy weitermachst und Eric Everard spielst. Ich möchte, dass du als Paul Lambrequin weitermachst und Eric Everard spielst. *Du schaffst das, Ivo!* "

„Herrgott, das kann ich!", flüsterte Ivo und versäumte es vorübergehend zu murmeln. „Das hätte ich fast vergessen."

„Du kennst auch meinen Text. Du hast mir meinen Part oft genug eingeschärft."

Ivo rieb sich mit der Hand die Stirn. „Ja, das glaube ich."

„Ivo", flehte Paul ihn an, „ich dachte, wir wären – Freunde. Ich möchte dich nicht um einen Gefallen bitten, aber ich habe dir geholfen, als du in Schwierigkeiten warst. Ich dachte immer, ich könnte mich auf dich verlassen. Ich hätte nie gedacht, dass du mich im Stich lassen würdest."

„Und das werde ich nicht." Ivo packte Pauls Hand. „Ich werde heute Abend hingehen und die Rolle spielen, als wäre sie noch nie gespielt worden! Ich werde …"

„Nein! Nein! Spiel es so, wie ich es gespielt habe. Du sollst *ich sein* , Ivo! Vergiss Straßberg; geh zurück zu Stanislawski."

„Okay, Kumpel", sagte Ivo. „Mach ich."

„Und versprich mir eins, Ivo. Versprich mir, dass *du nicht murmelst* ."

Ivo zuckte zusammen. „Okay, aber du bist der Einzige , für den ich es tun würde."

Langsam begann er zu schimmern. Paul hielt den Atem an. Vielleicht hatte Ivo vergessen, wie er sich verwandeln konnte. Aber die Technik siegte über die Methode. Ivo Darcy nahm allmählich die Gestalt von Paul Lambrequin an. Die Show würde weitergehen!

„Na, wie war alles?", fragte Paul besorgt, als Ivo kurz nach Mitternacht in sein Zimmer kam.

„Ziemlich gut", sagte Ivo und setzte sich auf die Bettkante. „Gregory war äußerst überrascht, mich zu sehen – er hat mich ein halbes Dutzend Mal gefragt, wie ich mich fühle." Ivo konnte nicht nur artikulieren, Paul bemerkte dies erfreut, sondern auch deutlich.

„Aber die Show – wie lief sie? Hat irgendjemand den Verdacht gehabt, dass Sie ein Betrüger sind?"

„Nein", sagte Ivo langsam. „Nein, das glaube ich nicht. Ich habe zwölf Vorhänge bekommen", fügte er hinzu und starrte mit einem verträumten Lächeln geradeaus. „Zwölf."

„Freitagabends ist das Publikum immer begeistert." Dann schluckte Paul schwer und sagte: „Außerdem bin ich sicher, dass Sie die Rolle großartig gespielt haben."

Aber Ivo schien ihn nicht zu hören. Er war noch immer in seinem goldenen Zustand der Benommenheit. „Kurz bevor der Vorhang aufging, dachte ich, ich würde es nicht schaffen. Ich begann innerlich zu zittern, so wie ich es tue, bevor ich mich umziehe."

„Schmetterlinge im Bauch ist der Fachbegriff." Paul nickte weise. „Ein wirklich guter Schauspieler bekommt sie vor jeder Vorstellung. Egal, wie oft ich eine Rolle spiele, es gibt immer diese Minute, wenn das Saallicht zu dimmen beginnt und ich in absoluter Panik gerate –"

„—Und dann ging der Vorhang auf und mir ging es gut. Mir ging es gut. Ich war Paul Lambrequin. Ich war Eric Everard. Ich war—alles."

„Ivo", sagte Paul und klopfte ihm auf die Schulter, „du bist ein geborener Kämpfer."

„Ja", murmelte Ivo, „das fange ich auch langsam an zu denken."

In den nächsten vier Wochen lauerte Paul Lambrequin in seinem Zimmer, während Ivo Darcy Paul Lambrequin spielte, der Eric Everard spielte.

„Es ist großartig, dass Sie sich so viel Zeit von Ihren Pflichten nehmen, alter Junge", sagte Paul eines Tages zwischen der Matinee und den Abendvorstellungen zu Ivo. „Ich weiß das wirklich zu schätzen. Obwohl ich annehme, dass Sie es geschafft haben, einige davon dazwischenzuschieben. Ich sehe Sie nie an Nachmittagen ohne Matinee."

„Pflichten?", wiederholte Ivo geistesabwesend. „Ja, natürlich – meine Pflichten."

„Ich möchte Ihnen jedoch einen professionellen Rat geben. Seien Sie beim Abschminken vorsichtiger. An den Haarwurzeln ist noch etwas Schminke."

„Schlampig von mir", stimmte Ivo zu und machte sich mit einem Handtuch an die Arbeit.

„Ich verstehe nicht, warum du dir überhaupt die Mühe machst, das Zeug anzuziehen", grinste Paul, „wenn du dich doch nur ein bisschen mehr umziehen müsstest."

„Ich weiß." Ivo rieb sich heftig die Schläfen. „Ich schätze, ich mag einfach den – Geruch des Zeugs."

„Ivo", lachte Paul, „es hat keinen Sinn, mich zu veräppeln; du bist bühnenbegeistert. Ich bin sicher, ich habe jetzt genug Einfluss, um dir irgendwo eine Nebenrolle zu verschaffen, wenn ich wieder auf den Beinen bin, und dann kannst du dir eine Equity-Karte besorgen. Vielleicht", fügte er amüsiert hinzu, „kann ich dich sogar als Ersatz für Gregory als meine Zweitbesetzung einsetzen."

Später, im Rückblick, dachte Paul, vielleicht hatte Ivo einen merkwürdigen Ausdruck in den Augen gehabt, aber in diesem Moment hatte er keine Ahnung, dass irgendetwas Ungewöhnliches im Gange war. Was Ivo im Hinterkopf hatte, erfuhr er erst am Sonntag vor dem Dienstag, an dem er seine Stelle wieder antreten wollte.

„Herr, es wird gut sein, die Bühne wieder unter meinen Füßen zu spüren", sagte er, während er eine Reihe komplizierter Aufwärmübungen durchführte, die er sich selbst ausgedacht hatte und die er manchmal unter dem Titel *The Lambrequin Time and Motion Studies* veröffentlichen wollte . Es schien unfair, sie anderen Schauspielern vorzuenthalten.

Ivo wandte sich von dem Spiegel ab, in dem er ihre gemeinsame Schönheit betrachtet hatte. „Paul", sagte er leise, „du wirst diese Bühne nie wieder unter deinen Füßen spüren."

Paul saß auf dem Boden und starrte ihn an.

„Siehst du, Paul", sagte Ivo, „ich bin jetzt Paul Lambrequin. Ich bin mehr Paul Lambrequin als ich es war – wer auch immer ich auf meinem Heimatplaneten war. Ich bin mehr Paul Lambrequin als *du* es jemals warst. Du hast die Rolle oberflächlich gelernt, Paul, aber ich *fühle* sie wirklich."

„Das ist keine Rolle", sagte Paul nörgelnd. „Das bin ich. Ich war schon immer Paul Lambrequin."

„Wie können Sie sich da so sicher sein? Sie haben so viele Identitäten gehabt, warum sollte diese die wahre sein? Nein, Sie *denken nur* , Sie seien Paul Lambrequin. Ich *weiß* , *dass* ich es bin."

„Verdammt", sagte Paul, „das ist die Identität, unter der ich die Equity-Mitgliedschaft abgeschlossen habe. Und sei vernünftig, Ivo – es kann nicht zwei Paul Lambrequins geben."

Ivo lächelte traurig. „Nein, Paul, du hast recht. Das kann nicht sein."

Natürlich war Paul von Anfang an bewusst gewesen, dass Ivo kein Mensch war. Doch erst jetzt wurde ihm klar, was für ein skrupelloses, außerirdisches Monster der andere war, der nur existierte, um seine eigenen Ziele zu erreichen, und nicht wusste, dass andere ein Recht auf Existenz hatten.

„Werden Sie mich also entsorgen?", fragte Paul schwach.

„Um dich loszuwerden, ja, Paul. Aber nicht, um dich zu töten. Meine Art hat genug getötet, genug erobert. Wir haben kein wirkliches Bevölkerungsproblem; das war nur eine Ausrede, die wir erfunden haben, um unser Gewissen zu beruhigen."

„Sie haben ein Gewissen, oder?" Pauls Gesicht verzog sich zu einem höhnischen Grinsen, das, wie er selbst sofort spürte, zu melodramatisch und absolut nicht überzeugend war. Irgendwie konnte er abseits der Bühne nie wirklich authentisch sein.

Ivo machte eine ausladende Geste. „Sei nicht verbittert, Paul. Natürlich tun wir das. Alle intelligenten Lebensformen tun das. Das ist eine der Strafen für Empfindungsvermögen!"

Einen Moment lang vergaß Paul sich selbst. „Pass auf, Ivo. Du fängst an, deine Texte zu übertreiben."

„Wir können Geburtenkontrolle einführen", fuhr Ivo mit gedämpfter Stimme fort. „Wir können höhere Gebäude bauen. Oh, es gibt viele Möglichkeiten, mit dem Bevölkerungswachstum umzugehen. Das ist nicht das Problem. Das Problem ist, wie wir unsere kreativen Energien von der Zerstörung auf den Aufbau umlenken können. Und ich glaube, ich habe es gelöst."

„Woher sollen Ihre Leute das wissen", fragte Paul listig, „da Sie doch sagen, Sie gehen nicht zurück?"

„ *Ich* gehe nicht zurück nach Sirius, Paul – das tust *du* . Du bist es, der meinem Volk die Kunst des Friedens beibringen wird, um die Kunst des Krieges zu ersetzen.“

Paul spürte, wie er eine vermutlich sehr wirkungsvolle Gesichtsfarbe annahm. „Aber – aber ich kann nicht einmal die Sprache sprechen! Ich –“

„Du wirst die Sprache während der Reise lernen. Die Nachmittage, die ich unterwegs war, habe ich damit verbracht, eine Reihe von *Sirian -in- a-Jiffy* -Aufzeichnungen für dich anzufertigen. Sirianisch ist eine wunderschöne Sprache, Paul, viel ausdrucksvoller als alle deine Erdensprachen. Du wirst sie mögen.“

„Das werde ich bestimmt, aber –“

„Paul, du wirst meinem Volk die Möglichkeit geben, sich auszudrücken, die es schon immer gebraucht hat. Weißt du, ich habe dich angelogen. Das Theater auf Sirius steckt nicht in den Kinderschuhen; es wurde nie erdacht. Wäre es so gewesen, wären wir nie das geworden, was wir heute sind. Kannst du dir das vorstellen – eine Rasse wie die meine, die so hervorragend für die Ausübung der dramatischen Kunst geeignet ist, bleibt in blinder Unwissenheit, dass eine solche Kunst existiert!“

„Es scheint wirklich eine schreckliche Verschwendung zu sein“, musste Paul zustimmen, obwohl er gerade jetzt kein echtes Mitgefühl zeigen konnte. „Aber ich bin kaum dafür gerüstet –“

„Wer ist besser als Sie dafür gerüstet, diese gewaltige Herausforderung zu meistern? Können Sie nicht erkennen, dass Sie endlich Ihre große Synthese der Bühnenkünste erreichen können – als Produzent, Lehrer, Regisseur, Schauspieler, Dramatiker oder was auch immer, indem Sie mit einer Besetzung von Individuen arbeiten, die jede Gestalt annehmen können und keine vorgefassten Meinungen darüber haben, was getan werden kann und was nicht. Oh, Paul, was für eine großartige Gelegenheit erwartet Sie auf Sirius V. Wie ich Sie beneide!“

„Warum machst du es dann nicht selbst?“, fragte Paul.

Ivo lächelte erneut traurig. „Leider verfüge ich nicht über deine vielfältigen Fähigkeiten. Ich kann nur schauspielern. Hervorragend natürlich, aber das ist auch alles. Ich habe nicht die Fähigkeit, ein lebendiges Theater von Grund auf aufzubauen. Du schon. Ich habe Talent, Paul, aber du bist Genie."

„Es *ist* eine Versuchung", gab Paul zu. „Aber meine eigene Welt zu verlassen …"

„Paul, die Erde ist nicht deine Welt. Du trägst deine Welt überall mit dir herum. Deine Welt existiert in deinem Kopf und Herzen, nicht in der Realität. In jeder realen Situation fühlst du dich auf der Erde genauso unwohl wie auf Sirius."

"Ja aber-"

„Stell es dir so vor, Paul. Du verlässt nicht deine Welt. Du verlässt nur die Erde, um dich auf den Weg zu machen. Es ist ein längerer Weg, aber sieh dir an, was am Ende auf dich wartet."

„Ja, sehen Sie", sagte Paul, und in diesem Moment war die Realität in seinem Kopf und Herzen ganz klar erkennbar, „Tod oder Vivisektion."

„Paul, glaubst du, dass ich dir das antun würde?" Ivo hatte Tränen in den Augen. Wenn er Schauspielerei war, war er ein großartiger Darsteller. „ *Ich bin wirklich ein verdammt guter Lehrer*", dachte Paul, *und mit so viel Rohmaterial wie Ivo, mit dem ich arbeiten kann, könnte ich … Könnte er das wirklich ernst meinen?*

„Sie werden dir nichts antun, Paul, denn du wirst mit einer Botschaft von mir nach Sirius kommen. Du wirst meinem Volk erzählen, dass die Erde eine mächtige Verteidigungswaffe hat und dass du gekommen bist, um ihnen ihr Geheimnis zu verraten. Und es ist wahr, Paul. Das Theater ist die stärkste Waffe deiner Welt, ihre beste Verteidigung gegen den universellen Feind – die Realität."

„Ivo", sagte Paul, „du musst deinen Hang zur Überheblichkeit wirklich unterdrücken. Besonders bei einer solch blumigen Rede musst du einfach lernen, dich zurückzuhalten. Du wirst darauf achten, wenn ich weg bin, nicht wahr?"

„Das werde ich!" Ivos Gesicht strahlte. „Oh, das werde ich, Paul. Ich verspreche, nie wieder die Kulisse zu zerkauen. Ich werde nicht einmal an einer Requisite knabbern!"

Am nächsten Tag fuhren die beiden zum Bear Mountain, wo Ivos Schiff all die Monate versteckt war. Ivo erklärte Paul die Steuerung und zeigte ihm, wo die sauberen Handtücher waren.

Paul blieb in der Luftschleuse stehen und blickte zurück nach Manhattan. „Ich habe so viele Jahre davon geträumt, meinen Namen auf dem Broadway in Lichtern zu sehen", murmelte er, „und jetzt, gerade als ich es geschafft habe …"

„Ich werde es dort oben lassen", schwor Ivo. „Das verspreche ich. Und in der Zwischenzeit baust du dort oben in den Sternen einen neuen Broadway!"

„Ja", sagte Paul verträumt, „das ist doch etwas, worauf man sich freuen kann, nicht wahr?" Frisches, begeistertes Publikum, Künstler, die sich nicht von Traditionen einschränken lassen, eine kooperative Regierung, unbegrenzte Mittel – ja, eine ganz wunderbare neue Welt tat sich vor ihm auf.

„– In etwa zehn Jahren", sagte Ivo, „ werden sirianische Schauspieler in Scharen auf die Erde kommen und den einheimischen Darstellern das Fürchten lehren –"

Paul lächelte weise. „Also, Ivo, du weißt, dass Equity *das niemals dulden würde* ."

„Die Gerechtigkeit wird nicht anders können. Der öffentliche Druck wird in einer immer stärker werdenden Welle ansteigen und –" Ivo hielt inne. „Entschuldigung. Ich habe schon wieder geschimpft, oder? Das liegt daran, dass ich draußen bin. Ich muss in den vier Wänden eines Theaters bleiben."

„Das ist ein Trugschluss", begann Paul. „Auf der griechischen Bühne –"

„Heb dir das für die Sterne auf, Kumpel", lächelte Ivo. „Du musst gehen, bevor es hell wird." Dann drückte er Paul die Hand. „Auf Wiedersehen, Junge", sagte er. „Du wirst sie auf Sirius umhauen."

„Auf Wiedersehen, Ivo." Paul erwiderte den Griff. Dann stieg er ein und schloss die Luftschleuse hinter sich. Er hoffte, Ivo würde seine Neigung zum Deklamieren ablegen; andererseits war es auf jeden Fall besser als Murmeln.

Paul legte eine *Sirian -im-Jiffy-* Platte auf den Plattenteller, denn er konnte genauso gut gleich mit dem Erlernen der Sprache beginnen. Natürlich würde er viele Monate lang niemanden außer sich selbst haben, mit dem er reden konnte, aber letzten Endes war er sein eigenes Lieblingspublikum. Er schnallte sich auf der Beschleunigungscouch an und bereitete sich auf den Abflug vor.

„Nächste Woche, *East Lynne* ", sagte er sich.